Escrito por Sam Serrano
Ilustrado por Marte

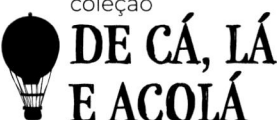

coleção
DE CÁ, LÁ E ACOLÁ

Um feijão diferente
Frijoles diferentes

Edição bilíngue
Português-Espanhol

Saíra Editorial

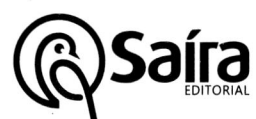

Copyright do texto © 2022 Sam Serrano
Copyright das ilustrações © 2022 Marte

Direção e curadoria	Fábia Alvim
Gestão comercial	Rochelle Mateika
Gestão editorial	Felipe Augusto Neves Silva
Diagramação	Isabella Silva Teixeira
Revisão	Márcia S. Zenit

Dados Internacionais de Catalogação na Publicação (CIP) de acordo com ISBD

S487fe   Serrano, Sam

        Um feijão diferente: Frijoles diferentes / Sam Serrano ; ilustrado por Marte. - São Paulo, SP : Saíra Editorial, 2022.
        24 p. : il. ; 20cm x 20cm. – (De cá, lá e acolá)

        ISBN: 978-65-86236-76-7

        1. Literatura infantil. I. Marte. II. Título.

2022-3614   CDD 028.5
                                                                     CDU 82-93

Elaborado por Vagner Rodolfo da Silva - CRB-8/9410

Índice para catálogo sistemático:
1. Literatura infantil 028.5
2. Literatura infantil 82-93

Todos os direitos reservados à Saíra Editorial

📞 (11) 5594 0601   💬 (11) 9 5967 2453
📷 @sairaeditorial   f /sairaeditorial
🌐 www.sairaeditorial.com.br
📍 Rua Doutor Samuel Porto, 396
   Vila da Saúde – 04054-010 – São Paulo, SP

*For Diego,
may you know and love who you are.*

*In loving memory of Uncle Chris (William Serrano). Thank you for
teaching me to find wonder in the weird.*
Sam

*Estes desenhos foram feitos sempre pensando na minha afilhada,
Coraline, a melhor professora sobre infância que eu poderia desejar
(pois ainda é uma criança).*

*Estos dibujos fueron hechos siempre pensando en mi ahijada, Coraline,
la mejor maestra sobre infancia que yo podría desear (porque todavía es
una niña).*
Marte

O cheiro de feijão na panela da casa de William é um pouco diferente do cheiro de feijão na casa dos seus amigos. O feijão na casa dele tem cheiro de pimenta jalapeño e uma erva que se chama epazote.

El olor de los frijoles en la olla de la casa de William es un poco diferente al olor de los frijoles en la casa de sus amigos. Los frijoles en su casa huelen a chile jalapeño y a una hierba que se llama epazote.

Muitas pessoas acham que, na família de William, não se come feijão, já que a mãe dele é imigrante dos Estados Unidos e é ela quem cozinha mais na casa. Mas o que essas pessoas não entendem é que a região dos Estados Unidos de onde vem a mãe do William – o sul da Califórnia – está na fronteira com o México, e, além do mais, a mãe do William é descendente de mexicanos. No México, come-se muito feijão, como no Brasil, só que com um tempero diferente.

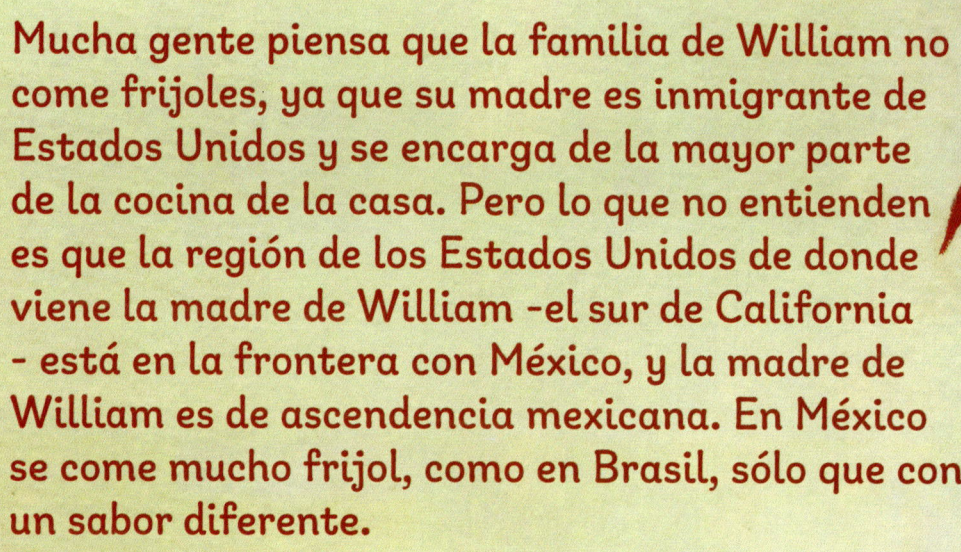

Mucha gente piensa que la familia de William no come frijoles, ya que su madre es inmigrante de Estados Unidos y se encarga de la mayor parte de la cocina de la casa. Pero lo que no entienden es que la región de los Estados Unidos de donde viene la madre de William -el sur de California - está en la frontera con México, y la madre de William es de ascendencia mexicana. En México se come mucho frijol, como en Brasil, sólo que con un sabor diferente.

Quando a mãe de William faz feijão, o menino fica muito animado porque sabe que ele vai ajudar a mãe a fazer tortillas. Tortillas se parecem com panquecas fininhas que são feitas de um tipo de farinha de milho especial chamada "masa harina" ou, às vezes, são feitas de farinha de trigo branca também.

Cuando la mamá de William hace frijoles, el niño se emociona mucho porque sabe que ayudará a su mamá a hacer tortillas. Las tortillas parecen panqueques finos que se hacen con un tipo de harina de maíz especial llamada masa harina o, a veces, también se hacen con harina de trigo blanco.

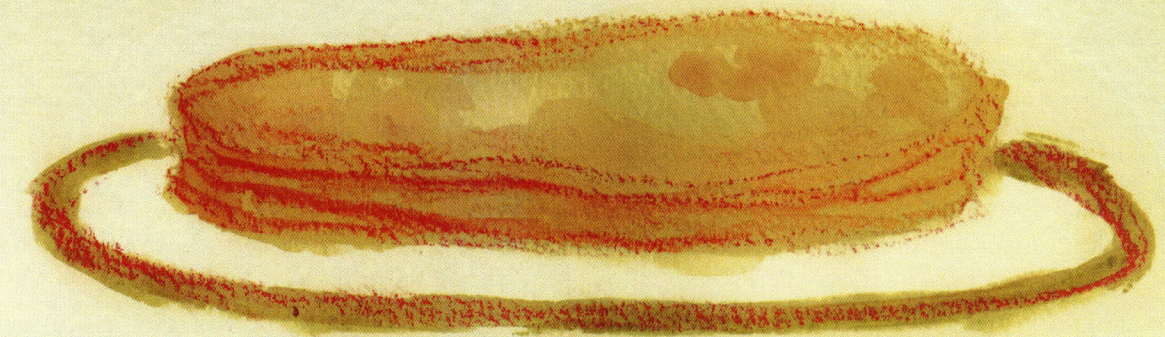

Quando estão prontas, se enchem as tortillas com ingredientes como feijão, queijo e verduras, para se fazer tacos, burritos, quesadillas e muitas outras comidas deliciosas.

William gosta de ajudar a mãe a ficar de olho nas tortillas, enquanto cozinham na frigideira, porque assam muito rápido e é preciso virá-las e tirá-las do fogo antes que queimem.

Cuando las tortillas están listas, se rellenan con ingredientes como frijoles, queso y verduras para hacer tacos, burritos, quesadillas y muchas otras comidas deliciosas.

A William le gusta ayudar a su madre a mirar las tortillas mientras se cocinan en la sartén, porque se cocinan muy rápido y hay que darles una vuelta y retirarlas del fuego antes de que se quemen.

Depois de comer tacos com a família, o pequeno chef em treinamento sempre pede para fazer cookies de gotas de chocolate com a mãe. Cookie é uma sobremesa comum nos Estados Unidos que leva bastante manteiga e extrato de baunilha. São deliciosos de comer quentinhos saídos do forno e com leite. William ajuda a misturar a massa com as mãos e a colocar as bolinhas de massa na forma para assar.

Después de comer tacos con su familia, el pequeño chef en formación siempre pide para hacer galletas de chips de chocolate con su madre. La galleta es un postre común en los Estados Unidos que contiene mucha mantequilla y extracto de vainilla. Son muy buenas para comer calientes, recién salidas del horno y con leche. William ayuda a mezclar la masa con las manos y a colocar las bolas de masa en el molde para hornear.

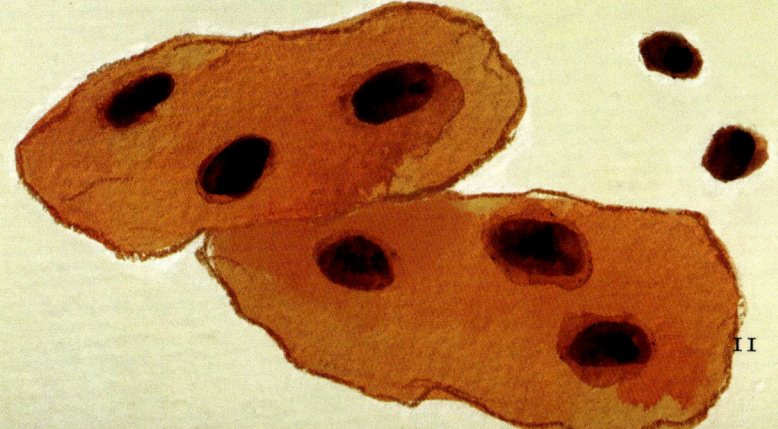

William também gosta de cozinhar com seu pai, que é brasileiro, mas filho de imigrante. O avô paterno de William é do sul de Minas Gerais, mas a avó é do Chile. A avó ensinou o pai de William a fazer empanadas quando ele era pequeno como o neto agora. Empanadas, no Chile, são salgadinhos de uma massa similar à do pastel de forno com recheios variados, como queijo com cebola e carne com azeitonas. William adora ajudar a abrir a massa com um rolo e fechar as empanadas com seus dedinhos antes de colocá-las no forno.

A William también le gusta cocinar con su papá, que es brasileño, pero hijo de una inmigrante. El abuelo paterno de William es del sur de Minas Gerais, pero su abuela es de Chile. Su abuela le enseñó al padre de William a hacer empanadas cuando era pequeño, como hace ahora su nieto. Empanadas, en Chile, son bocadillos hechos de masa, con diversos rellenos como queso con cebolla y carne con aceitunas. A William le encanta ayudar a abrir la masa con un rodillo y a cerrar las empanadas con sus deditos, antes de meterlas en el horno.

A família gosta de fazer misturas e comer as empanadas chilenas com os molhos picantes mexicanos, que se chamam "salsas".

O pai de William também precisa da ajuda da família toda para fazer pães de queijo mineiros. Eles vão ao mercado juntos para achar um queijo canastra curado e cheiroso. Depois, em casa, enquanto o pai rala o queijo, William e a mãe misturam a farinha de polvilho e quebram os ovos.

A la familia de William le gusta mezclar y comer las empanadas chilenas con las salsas picantes mexicanas.

El papá de William también necesita la ayuda de toda la familia para hacer el pan de queso de Minas Gerais. Ellos van juntos al mercado para buscar un queso de Minas Canastra curado que huele rico. Luego, en casa, mientras su padre ralla el queso, William y su madre mezclan la harina y rompen los huevos.

William se delicia com o odor dos pães no forno que enche a casa inteira enquanto eles assam. Ele gosta de comer os pães de queijo quentinhos saídos do forno com um pouco de doce de leite derretendo no meio.

William disfruta del olor del pan en el horno, que llena toda la casa mientras se hornea. Le gusta comer los pancitos de queso recién salidos del horno con un poco de dulce de leche derretido en el centro.

Cozinhar é uma das linguagens de amor mais potentes na família de William.

Fazer comida e compartilhá-la com família e amigos é uma forma de revelar quem você é, sua história e seu conhecimento. Enquanto William participa da preparação da comida da sua família e depois a saboreia, aprende a valorizar sua cultura e fortalece vínculos com seus ancestrais.

La cocina es una de las lenguas del amor más potentes en la familia de William.

Hacer la comida y compartirla con la familia y los amigos es una forma de revelar quién eres, tu historia y tus conocimientos. Mientras William participa en la preparación de la comida de su familia y en su degustación, aprende a valorar su cultura y refuerza los vínculos con sus antepasados.

GLOSSÁRIO / GLOSARIO

Pimenta jalapeño: pimenta popular do México, que muda de sabor dependendo da maturação. Quando é jovem, é vermelha; quando envelhece na planta, fica verde. Se a pimenta jalapeño for defumada ou seca, chama-se pimenta chipotle.

Epazote: erva aromática e medicinal. A folha verde é muito utilizada na culinária do México e da Guatemala. É muito usada para aromatizar o feijão e para ajudar com a digestão. Combina bem com cogumelos e, às vezes, é colocada dentro de quesadillas.

Tortillas: pães assados em cima de uma chapa que parecem panquecas fininhas. Tradicionalmente, são feitas de um tipo de farinha de milho, chamada de "masa harina", mas também podem ser feitas de farinha de trigo branca ou de outras farinhas. São usadas para comer burritos, tacos, quesadillas, enchiladas, fajitas e muitos outros pratos típicos da comida mexicana e do sudoeste dos Estados Unidos. Também se come bastante tortilla de milho em países da América Central, como Guatemala e Costa Rica.

Masa harina: farinha de milho nixtamizado moído seco e em pó. É utilizada para fazer tortillas de milho, tamales, pupusas e muitos outros pratos de diferentes partes da América Latina.

Jalapeño: chile popular de México. Este chile cambia de sabor en función de su madurez. Cuando es joven es rojo y cuando envejece en la planta, se vuelve verde. Si el chile jalapeño es ahumado o seco, se llama chile chipotle.

Epazote: hierba aromática y medicinal. La hoja verde se utiliza mucho en la cocina mexicana y guatemalteca. Se suele utilizar para dar sabor a los frijoles y para facilitar la digestión. Va bien con los hongos y a veces se utiliza dentro de las quesadillas.

Tortillas: panes horneados en una plancha que parecen tortitas finas. Tradicionalmente, se elaboran con un tipo de harina de maíz, la masa harina. Se pueden fabricar a partir de harina de trigo blanco u otras harinas también. Las tortillas se utilizan para comer burritos, tacos, quesadillas, enchiladas, fajitas y muchos otros platos típicos de México y del suroeste de los Estados Unidos. Las tortillas de maíz también se consumen mucho en países centroamericanos como Guatemala y Costa Rica.

Masa harina: harina de maíz que proviene del maíz seco molido nixtamalizado y del maíz en polvo. Es utilizada para hacer tortillas de maíz, tamales, pupusas y muchos otros platos de diferentes partes de América latina.

Burrito: prato comum na culinária do norte do México e do sudoeste dos Estados Unidos. É uma tortilla de farinha de trigo fechada em uma forma cilíndrica selada em torno de vários ingredientes salgados como feijão, verduras, coentro, salsa, carne e queijo.

Quesadilla: tortilla aquecida com queijo derretido em seu interior. Além do queijo, pode conter verduras, carnes e outros ingredientes.

Taco: prato tradicional mexicano que consiste de uma tortilla de farinha de milho ou de trigo coberta com um recheio (legumes, carnes etc.). Podem-se adicionar salsas, cremes, queijos e outros ingredientes sobre os recheios. A tortilla é dobrada ao redor do recheio para ser comida com a mão.

Cookies: biscoitos doces assados, de farinha, açúcar e algum tipo de óleo ou manteiga. Existem vários tipos de cookies, mas os sabores mais comuns são: baunilha com gotas de chocolate, aveia, gengibre (*gingerbread cookies*), além dos amanteigados (*sugar cookies*).

Burrito: plato común en la cocina del norte de México y del suroeste de Estados Unidos. Consiste en una tortilla de harina de trigo envuelta en forma cilíndrica sellada alrededor de varios ingredientes salados como frijoles, verduras, cilantro, salsa, carne y queso.

Quesadilla: tortilla calentada con queso fundido en su interior. Además del queso, se puede añadir verduras, carne y otros ingredientes.

Taco: plato tradicional mexicano que consiste en una tortilla de harina de maíz o de trigo, cubiertos con un relleno (verduras, carne, etc.). Puedes añadir salsas, cremas, quesos y otros ingredientes sobre los rellenos. La tortilla se dobla alrededor del relleno y se come con la mano.

Cookies: galletas dulces horneadas. Suelen contener harina, azúcar y algún tipo de aceite o mantequilla. Hay muchos tipos de galletas, pero los sabores más comunes son: vainilla con chispas de chocolate, avena, jengibre (*gingerbread cookies*) y galletas de azúcar (*sugar cookies*).

Empanada: no Chile, as empanadas são massas salgadas semelhantes à de um pastel de forno, com diversos recheios, como queijo com cebola, carne com uvas passas ou tomate com queijo e manjericão. É uma tradição em muitas famílias chilenas comer empanadas aos domingos.

Salsa mexicana: literalmente, "molho mexicano", em espanhol, mas, no contexto de salsas mexicanas, são molhos picantes, com diferentes níveis de picância, muitas vezes com uma base de tomate.

Empanada: en Chile, las empanadas son pastas saladas elaboradas con una masa similar a la de un pastel al horno con diversos rellenos, como queso con cebolla, carne con uvas pasas o tomate con queso y albahaca. Es una tradición en muchas familias de Chile comer empanadas los domingos.

Salsa mexicana: en el contexto de las salsas mexicanas, son salsas picantes, con diferentes niveles de picor, muchas veces con una base de tomate.

Sobre a ilustradora

Marte é ilustradora de origem peruana que ama desenhar montanhas e ler sobre os Andes. Cresceu ouvindo histórias do Vento, da Chuva, do Sol e da Lua e por isso quis se tornar artista. Sua comida favorita é *papa a la huancaína* e seu maior sonho é escrever um livro sobre a arte do seu povo.

Marte es una ilustradora de origen peruano a la que le encanta dibujar montañas y leer sobre los Andes. Creció escuchando historias sobre el Viento, la Lluvia, el Sol y la Luna y por eso quiso ser artista. Su comida favorita es la papa a la huancaína y su mayor sueño es escribir un libro sobre arte de su gente.

Sobre a autora

Sam (Samantha) Serrano, originária de Long Beach, Califórnia, nos Estados Unidos, desde sua infância adorava brincar com as palavras e escrever histórias sobre personagens, aventuras e lugares diferentes na sua língua nativa, inglês. A paixão de Sam por pessoas, viagens e linguagens a levou a estudar Ciências Sociais e outros idiomas para melhor conhecer pessoas de diferentes culturas. Ela começou a aprender espanhol como projeto dela quando era adolescente para se aproximar das raízes mexicanas e espanholas do seu pai e para poder se comunicar melhor com os membros imigrantes falantes de espanhol da sua comunidade. Sam se dedicou a aprender português em 2013 e migrou com seu parceiro brasileiro-chileno, Julio, para São Paulo em 2014. Virou mãe em 2019 quando seu filho, Diego, nasceu. Sam é integrante da Equipe de Base Warmis- Convergência das Culturas desde 2016 para lutar por um mundo mais justo, saudável e humano. É doutora em Saúde Coletiva pela Universidade Federal de São Paulo- Escola Paulista de Medicina. No seu tempo livre, Sam segue lendo e escrevendo e também adora viajar, cozinhar e aprender sobre culinárias de diversos lugares.

Sam (Samantha) Serrano es originaria de Long Beach, California, en Estados Unidos. Desde su infancia le gustaba jugar con las palabras y escribir historias sobre diferentes personajes, aventuras y lugares en su lengua materna, el inglés. La pasión de Sam por la gente, los viajes y los idiomas la llevó a estudiar Ciencias Sociales e idiomas, para conocer mejor a personas de diferentes culturas. Empezó a aprender español como proyecto personal cuando era adolescente para acercarse a las raíces mexicanas y españolas de su padre, y poder comunicarse mejor con los miembros inmigrantes hispanohablantes de su comunidad. Sam se dedicó a aprender portugués en 2013 y emigró en 2014 junto a Julio, su pareja que es brasileño-chileno, a São Paulo. Se convirtió en madre en 2019 cuando nació su hijo Diego. Es miembro del Equipo de Base Warmis- Convergencia de las Culturas desde el año 2016, para luchar por un mundo más justo, sano y humano. Es doctora en Salud Colectiva por la Universidad Federal de São Paulo - Escola Paulista de Medicina. En su tiempo libre, Sam sigue leyendo y escribiendo, y también le gusta viajar, cocinar y conocer las culinarias de distintos lugares.

Esta obra foi composta em Giulia Plain e Adobe Jenson Pro
e impressa em offset sobre papel couché fosco 150 g/m²
para a Saíra Editorial em 2022